Чорна людина

Чорна людина

Емілі Андрад Кравальо

aldivan teixeira torres

CONTENTS

1 1

1

"Чорна людина"
Емілі Андрад Кравальо
Чорна людина

За: *Емілі Андрад Кравальо*
2020- Емілі *Андрад Кравальо*
Усі права захищені
Серія: Збочені сестри

Ця книга, включаючи всі її частини, захищена авторським правом і не може бути відтворена без дозволу автора, перепродана або передана.

Емілі Андрад Кравальо, Обіцяє своїми творами порадувати публіку і привести його до принад задоволення. Зрештою, секс є однією з кращих речей є.

Самовідданість і подяка

Я присвячую цю еротичну серію всім любителям сексу і збоченцям, як я. Я сподіваюся виправдати очікування всіх божевільних умів. Я починаю цю роботу тут з переконання, що Амеліна, Белінха та їхні друзі зроблять історію. Без зайвого сяйва, теплі обійми моїх читачів.

Гарне читання і багато задоволення.

З любов'ю, автор.

Презентації

Амелінья і Белінья - дві сестри, народжені й вирощені в інтер'єрі Пернамбуку. Дочки фермерських батьків рано знали, як натрапляти на труднощі сільського життя з посмішкою на обличчі. При цьому вони досягли своїх особистих застоїв. Перший - аудитор з публічних фінансів, а інший, менш розумний, - муніципальний вчитель базової освіти в Арковельде.

Хоча вони будуть щасливі професійно, обидва мають серйозні хронічні проблеми щодо відносин, тому що ніколи не знайшли свого принца чарівним, що є мрією кожної жінки. Старший, Белінья, деякий час жив з чоловіком. Однак було зраджено те, що породжено непоправними травмами серця. Вона була змушена розлучитися і пообіцяла собі більше ніколи не страждати через чоловіка. Амелінья, бідолаха, вона навіть не може заручитися. Хто хоче одружитися з Амеліньєю? Вона зухвала брюнетка, худенька, середнього зросту, очі медового кольору, середні сідниці, груди на кшталт кавуна, груди, що виходять за рамки чарівної посмішки. Ніхто не знає, в чому її справжня проблема, а точніше і те, і інше.

Що стосується їх міжособистісних відносин, вони дуже близькі до обміну секретами між ними. Оскільки Белінха була зраджена негідником, Амелінья прийняла біль своєї сестри, а також вирушила грати з чоловіками. Вони стали динамічним дуетом, відомим як «Збочені сестри». Попри це, чоловіки люблять бути їхніми іграшками. Це тому, що немає нічого кращого, ніж любити Белінху й Амеліну навіть на мить. Чи з'ясують ми їхні історії разом?

Чорний чоловік
Амелінья і Белінья, а також великі професіонали й коханці, красиві й багаті жінки інтегровані в соціальні мережі. Крім самого сексу, вони також прагнуть засвоїти друзів.

Одного разу чоловік увійшов у віртуальний чат. Його прізвиськом була "Чорна людина". У цей момент вона незабаром тремтіла, тому що любила чорношкірих чоловіків. Легенда про те, що вони мають безперечний шарм.

— Привіт, красиво! - Ти назвав благословенного чорношкірого.

— Привіт, добре? - відповіла що інтригує Белінья.

— Все чудово. На добраніч!

— На добраніч. Я люблю чорношкірих людей!

— Це зворушило мене глибоко зараз! Але чи є для цього особлива причина? Як тебе звати?

— Що ж, причина в тому, що ми з сестрою любить чоловіків, якщо ви знаєте, що я маю на увазі. Що стосується назви йде, хоча це дуже приватне середовище, мені нема чого приховувати. Мене звуть Белінха. Радий познайомитися.

— Задоволення - це все моє. Мене звуть Флавій, і я дуже милий!

— Я відчував твердість в його словах. Ти маєш на увазі мою інтуїцію?

— Я не можу відповісти, що зараз, тому що це закінчиться вся таємниця. Як звуть твою сестру?

— Її звуть Амелінья.

— Амелінья! Гарне ім'я! Чи можете ви описати себе фізично?

— Я блондинка, високий, сильний, довге волосся, великий зад, середні груди, і у мене скульптурне тіло. А ти?

— Чорний колір, один метр і вісімдесят сантиметрів заввишки, міцний, плямистий, руки й ноги товсті, акуратні, закуті волосся і визначені обличчя.

— Ой! Ой! Включи мене!

— Не турбуйся про це. Хто мене знає, ніколи не забуває.

— Хочеш зводити мене з розуму?

— Вибачте за це, крихітко! Це просто додати трохи чарівності в нашу розмову.

— Скільки тобі років?

— Двадцять п'ять років і твоя?

— Мені тридцять вісім років, а моїй сестрі тридцять чотири. Попри різницю у віці, ми дуже близькі. У дитинстві ми об'єдналися, щоб подолати труднощі. Коли ми були підлітками, ми ділилися своїми мріями. І зараз, у дорослому віці, ми ділимося своїми досягненнями й розчаруваннями. Я не можу жити без неї.

— Чудовий! Це ваше почуття дуже гарне. Я отримую бажання зустрітися з вами обома. Вона так само неслухняна, як і ти?

— У хорошому сенсі, вона краще в тому, що вона робить. Дуже розумний, красивий і ввічливий. Моя перевага в тому, що я розумніший.

— Але я не бачу в цьому проблеми. Мені подобаються обидва.

— Тобі це дуже подобається? Знаєш, Амелінья - особлива жінка. Не тому, що вона моя сестра, а тому, що у неї гігантське серце. Мені трохи шкода її, тому що вона ніколи не отримала нареченого. Я знаю, що її мрія - одружитися. Вона приєдналася до мене в повстанні, тому що мене зрадив мій напарник. З того часу ми прагнемо тільки швидких відносин.

— Я повністю розумію. Я також збоченець. Однак особливих причин у мене немає. Я просто хочу насолоджуватися молодістю. Ви, здається, великі люди.

— Дуже вам дякую. Ви справді з Арковельди?

— Так, я з центру міста. А ти?

— З району Сан- Крістобаль.

— Чудовий. Ти живеш один?

— Так. Біля автовокзалу.

— Чи можете ви отримати візит від людини сьогодні?

— Ми б дуже хотіли. Але ви повинні впоратися з обома. Добре?

— Не хвилюйся, люба. Я впораюся до трьох.

— Ах, так! Справжній!

— Я зараз буду. ви можете пояснити місце розташування?

— Так. Це буде моє задоволення.

— Я знаю, де це. Я йду туди!

Чорний чоловік вийшов з кімнати й Белінья також. Вона скористалася цим і переїхала на кухню, де зустріла сестру. Амелінья мила брудний посуд на вечерю.

— Добраніч тобі, Амелінья. Ви не повірите. Вгадайте, хто прийде?

— Я поняття не маю, сестро. Хто?

— Флавій. Я зустрів його у віртуальній кімнаті чату. Він буде нашою розвагою сьогодні.

— Як він виглядає?

— Це Чорна Людина. Ви коли-небудь зупинялися і думали, що це може бути приємно? Бідолаха не знає, на що ми здатні!

— Це дійсно так, сестро! Закінчім його.

— Він впаде зі мною! - сказала Белінья.

— Ні! Це буде зі мною - відповів Амелінья.

— Одне можна сказати точно: з одним з нас він впаде -Белінха уклав.

— Це правда! Як щодо того, щоб підготувати все в спальні?

— Гарна ідея. Я допоможу тобі!

Дві ненаситні ляльки пішли в кімнату, залишивши все організоване для приходу самця. Як тільки вони закінчують, вони чують дзвінок.

— Це він, сестро? - запитав Амелінья.

— Перевірмо це разом! - Він запросив Белінью.

— Давай! Амелінья погодилася.

Крок за кроком дві жінки пройшли двері спальні, пройшли їдальню, а потім прибули до вітальні. Вони підійшли до дверей. Коли вони відкривають його, вони стикаються з чарівною і по - чоловікоподібній посмішці Флавіуса.

— На добраніч! Все гаразд? Я Флавій.

— На добраніч. Ви найпривабливіші. Я Белінья, яка розмовляла з вами по комп'ютеру, і ця мила дівчина поруч зі мною моя сестра.

— Радий познайомитися, Флавію! - сказала Амелінья.

— Приємно познайомитися. Можна мені зайти?
— Впевнений! - Дві жінки відповіли одночасно.

Жеребець мав доступ до кімнати, дотримуючись кожної деталі декору. Що відбувається в тому киплячому розумі? Особливо його торкнувся кожен з цих жіночих екзеплярів. Через короткий момент він глибоко подивився в очі двом повіям, сказавши:

— Ти готовий до того, що я зробив?
— Готові підтверджені закохані!

Тріо зупинилося жорстко і проїлося довгий шлях до більшої кімнати будинку. Закривши двері, вони були впевнені, що небеса підуть у пекло за лічені секунди. Все було ідеально: розташування рушників, секс-іграшки, порно фільм, що грає на стелі телевізора і романтична музика яскрава. Ніщо не могло забрати задоволення від великого вечора.

Перший крок - сісти біля ліжка. Чорний чоловік почав зняти одяг двох жінок. Їх жага і жага до сексу були настільки великими, що вони викликали невелике занепокоєння у тих милих дам. Він збирав сорочку, показуючи грудну клітку і живіт, добре відпрацьовані щоденним тренуванням в тренажерному залі. Ваші середні волоски по всьому регіону намалювали зітхання від дівчаток. Після цього він зняв штани, що дозволило переглянути спідня білизна Box, показавши його об'єм і мужність. У цей час він дозволив їм доторкнутися до органу, зробивши його більш прямий. Не ширяючи секретів, він кинув спідня білизна, показуючи все, що йому дав Бог.

Він був довжиною двадцять два сантиметри, чотирнадцять сантиметрів у діаметрі достатньо, щоб зводити їх з розуму. Не знаючи часу, вони впали на нього. Вони починали з погоні. Поки один ковтав їй член в рот, інший облизав мошонку мішками. У цій операції минуло три хвилини. Досить довго, щоб бути повністю готовим до сексу.

Потім він почав проникнення в один, а потім в інший без переваги. Часті темпи шатлу викликали стогін, крики й множинні оргазми після вчинку. Це було тридцять хвилин вагінального сексу. Кожен тайм. Потім вони завершилися оральним і анальним сексом.

Вогонь

Це була холодна, темна і дощова ніч у столиці всіх закуто в Пернамбуку. Були моменти, коли фронті вітри досягали 100 кілометрів на годину, лякаючи бідних сестер Амелінью і Белінью. Дві збочені сестри зустрілися у вітальні своєї простої резиденції в районі Сан - Крісто ван. Нічого не робити, вони радісно говорили про загальні речі.

— Амелінья, як твій день був у фермерському офісі?

— Те ж саме: я організовував податкове планування податкової та митної адміністрації, керував сплатою податків, працював у профілактиці та боротьбі з ухиленням від сплати податків. Це важка робота і нудно. Але винагорода і добре оплачувана. А ти? Як ваша рутина в школі? - запитав Амелінья.

— У класі я передав вміст, який направляв студентів найкращим чином. Я виправив помилки й взяв два мобільних телефони студентів, які заважаючи класу. Я також давав заняття з поведінки, постави, динаміки й корисних порад. У всякому разі, крім того, що я вчитель, я їх мати. Доказом цього є те, що в антракті я проник в клас учнів і разом з ними ми грали в хміль, хула-обруч, били й бігали. На мій погляд, школа - це наш другий дім, і ми повинні написати про дружбу та людські зв'язки, які ми маємо від неї, - відповіла Белінха.

— Блискуча, моя маленька сестричка. Наші роботи великі, тому що вони забезпечують важливі емоційні та взаємодії конструкцій між людьми. Жодна людина не може жити в ізоляції, не кажучи вже про психологічні та фінансові ресурси, - проаналізувала Амелінья.

— Погоджуюся. Робота має важливе значення для нас, оскільки вона робить нас незалежними від чого переважає сексистської імперії в нашому суспільстві, - сказала Белінья.

— Саме. Ми будемо продовжувати в наших цінностях і ставленні. Людина хороша тільки в ліжку, - зауважив Амелінья.

— Говорячи про людей, що ви думаєте про християн? - запитала Белінха.

— Він виправдав мої очікування. Після такого досвіду мої інстинкти й мій розум завжди просять більшого внутрішнього невдоволення. Яка ваша думка? - запитав Амелінья.

— Це було добре, але я також відчуваю себе вами: неповним. Я сухий від любові й сексу. Я хочу все більше і більше. Що ми маємо на сьогодні? - сказала Белінья.

— У мене немає ідей. Ніч холодна, темна і темна. Ти чуєш шум на вулиці? Там багато дощів, сильних вітрів, блискавок і грому. Мені страшно! - сказала Амелінья.

— Я також! - зізналася Белінья.

— У цей момент по всій Арковерді лунає грозовий грім. Амелінья стрибає на колінах у Белінги, яка кричить від болю і відчаю. При цьому електрики не вистачає, що робить їх обох відчайдушними.

— Що тепер? Що нам робитимемо Белінха? - запитав Амелінья.

— Геть від мене, сука! Я принесу свічки! - сказала Белінья. Белінья ніжно штовхнула сестру в сторону дивана, коли вона намацала стіни, щоб дістатися до кухні. Оскільки будинок порівняно невеликий, для завершення цієї операції не потрібно багато часу. Використовуючи такт, він бере свічки в шафу і запалює їх сірниками, стратегічно розміщеними поверх плити.

При освітленні свічки вона спокійно повертається в кімнату, де зустрічає свою сестру з широко розкритою на обличчі загадковою посмішкою. Чим вона була?

— Ти можеш вентиляцію, сестро! Я знаю, що ти щось думаєш, - сказала Белінья.

— Що робити, якщо ми назвали міську пожежну частину попередженням про пожежу? - сказала Амелінья.

— Дозвольте мені отримати це прямо. Ти хочеш придумати вигаданий вогонь, щоб заманити цих людей? А якщо нас заарештують? - Белінья боялася.

— Мій колега! Я впевнений, що їм сподобається сюрприз. Що краще вони повинні робити в темну і нудну ніч, як це? - сказала Амелінья.

— Ти маєш рацію. Вони будуть вдячні вам за задоволення. Ми розірвемо вогонь, який поглинає нас зсередини. Тепер виникає питання: Хто матиме сміливість їх назвати? - запитала Белінха.

— Я дуже сором'язливий. Я залишаю це завдання тобі, моя сестро, - сказала Амелінья.

— Завжди я. Добре. Що б не сталося, - підсумувала Белінда.

Отримуючи з дивана, Белінья йде до столу в кутку, де встановлений мобільний. Вона телефонує на екстрений номер пожежної служби й чекає відповіді. Через кілька дотиків він чує глибокий, твердий голос, що говорить з іншого боку.

— На добраніч. Це пожежна служба. Що ти хочеш?

— Мене звуть Белінха. Я живу в районі Сан - Крісто ван тут, в Арговерде. Ми з сестрою в розпачі з усім цим дощем. Коли в нашому будинку вийшла електрика, сталося коротке замикання, почавши підпалити об'єкти. На щастя, ми з сестрою вийшли. Вогонь повільно поглинає будинок. Нам потрібна допомога вогнеборців, - розповіла дівчина.

— Спокійно, друже. Ми скоро будемо там. Чи можете ви надати детальну інформацію про своє місце? - запитав пожежник на чергуванні.

— Мій будинок знаходиться саме на Центральному проспекті, третій будинок праворуч. Це нормально з вами, хлопці?

— Я знаю, де це. Ми будемо там через кілька хвилин. Будьте спокійні. - сказав пожежник.

— Чекаємо. Дякую! - Дякую, Белінья.

Повертаючись до дивана з широкою посмішкою, двоє з них відпустили подушки й пирхали від веселощів, які вони робили.

Однак це не рекомендується робити, якщо вони не були двома повія, як вони.

Приблизно через 10 хвилин вони почули стукіт у двері й пішли відповідати на нього. Коли вони відкрили двері, вони зіткнулися з трьома чарівними обличчями, кожна з яких має свою характерну красу. Один був чорний, шість футів у висоту, ноги й руки середні. Інший був темним, один метр і дев'яносто високий, м'язистий і скульптурний. Третій був білим, коротким, тонким, але дуже любив. Білий хлопчик хоче представити себе:

— Привіт, пані, добраніч! Мене звуть Роберто. Цього чоловіка по сусідству зветься Матвій і коричневий чоловік, Філіп. Які ваші імена і де пожежа?

— Я Белінья, я розмовляв з вами телефоном. Ця брюнетка - моя сестра Амелінья. Заходь і тобі це поясню.

— Добре - Вони взяли в трьох пожежників водночас.

Квінтет увійшов в будинок і все здавалося нормальним, тому що електрика повернулася. Вони селяться на дивані у вітальні разом з дівчатами. Підозрілі, вони роблять розмову.

— Вогонь горить, чи не так? - запитав Матвій.

— Так. Ми вже контролюємо це завдяки великим зусиллям, - пояснив Амелінья.

— Шкода! Я хотів працювати. Там у казармах рутина настільки одноманітна, - сказав Феліпе.

— У мене є ідея. Як щодо більш приємної роботи? - припустила Белінья.

— Ти маєш на увазі, що ти те, що я думаю? - запитав Феліпе.

— Так. Ми самотні жінки, які люблять задоволення. У настрої для розваги? - запитала Белінха.

— Тільки якщо ви підійдете зараз, - відповів темношкірий чоловік.

— Я теж в - підтвердив Браун Людина.

— Зачекай на мене - Білий хлопчик доступний.

— Отже, давайте - сказали дівчата.

Квінтет увійшов до кімнати, де є двоспальне ліжко. Потім почалася секс оргія. Белінья й Амелінья по черзі були присутні на задоволенні трьох пожежників. Все здавалося магічним, і не було кращого почуття, ніж бути з ними. З різноманітними подарунками вони відчували сексуальні та позиційні варіації, створюючи ідеальну картину.

Дівчата здавалися ненаситними у своєму сексуальної зарозумілості, що зумовив цих професіоналів з розуму. Вони пройшли всю ніч, маючи секс і задоволення, здавалося, ніколи не закінчиться. Вони не виїжджатимуть, поки не отримали терміновий дзвінок з роботи. Вони звільнилися і пішли відповідати на повідомлення поліції. Попри це, вони ніколи не забудуть цей чудовий досвід поряд з "Збоченими сестрами".

Медична консультація

Він світав на красивій столиці. Зазвичай дві збочені сестри прокидалися рано. Однак, коли вони встати, вони не відчували себе добре. Поки Амеліна продовжувала чхати, її сестра Белінха відчувала себе трохи задушливою. Ці факти, ймовірно, прийшли з попередньої ночі на військовій площі Вірджинії, де вони пили, цілувалися в рот і гармонійно пирхали в безтурботну ніч.

Оскільки вони не відчували себе добре і без сил ні за що, вони сиділи на дивані релігійно думаючи про те, що робити, тому що професійні зобов'язання чекали вирішення.

— Що нам робити, сестро? Я повністю задихаюся і виснажений, - сказала Белінха.

— Розкажи мені про це! У мене головний біль, і я починаю заразитися вірусом. Ми загубилися! - сказала Амелінья.

— Але я не думаю, що це привід пропустити роботу! Люди залежать від нас! - Сказала Белінья

— Заспокойся, не панікуй! Як щодо того, щоб приєднатися до приємно? - запропонував Амелінья.

— Не кажи мені, що ти думаєш про те, про що я думаю....

— Це вірно. Ходімо до лікаря разом! Це буде відмінним приводом пропустити роботу і хто знає, що не відбувається те, що ми хочемо! - сказала Амелінья

— Чудова ідея! Отже, чого ми чекаємо? Приготуймося! - запитала Белінха.

— Давай! - Амелінха погодилася.

Вони пішли до своїх відповідних вольєрів. Вони були настільки схвильовані рішенням; вони навіть не виглядали хворими. Це все було лише їхнім винаходом? Пробач мені, читача, давайте не будемо погано думати про наших дорогих друзів. Замість цього, ми будемо супроводжувати їх у цій що захоплює новій главі їхнього життя.

У спальні вони купалися у своїх люксах, одягали новий одяг і взуття, розчісували довге волосся, одягали французький парфум, а потім пішли на кухню. Там вони розбили яйця і сир, наповнивши два хліба і з'їли охолодженим соком. Все було дуже смачно. Попри це, вони, здається, не відчували цього, тому що тривога і нервовність перед призначенням лікаря були гігантськими.

При всьому готовому вони покинули кухню, щоб вийти з дому. З кожним кроком, який вони зробили, їхні маленькі серця пульсували емоціями, думаючи в абсолютно новому досвіді. Блаженні всі вони! Оптимізм взяв їх на себе і було щось слідувати іншим!

На зовнішню сторону будинку вони йдуть в гараж. Відкриваючи двері у дві спроби, вони стоять перед скромним червоним автомобілем. Попри свій гарний смак в автомобілях, вони віддали перевагу популярним класикам, побоюючись загального насильства, присутнього практично у всіх бразильських регіонах.

Не зволікаючи, дівчата заходять в машину, м'яко даючи вихід, а потім один з них закриває гараж, повертаючись до машини відразу після цього. Хто їздить - Амелінха зі стажем вже десять років. Белінха поки не має права керувати автомобілем.

Дуже короткий шлях між їхнім будинком і лікарнею проводиться з безпекою, гармонією і спокоєм. У той момент у них було помилкове відчуття, що вони можуть робити що завгодно. Суперечливо, вони боялися його підступності й свободи. Самі вони були здивовані вжитими діями. Це було не за що-небудь менше, що вони були названі розпусні хороші виродки!

Приїхавши в лікарню, вони запланували зустріч і чекали, коли їх назвуть. У цей проміжок часу вони скористалися перекусом і обмінялися повідомленнями через мобільний додаток зі своїми дорогими сексуальними слугами. Більш цинічним і життєрадісним, ніж вони, було неможливо бути!

Через деякий час на їхню чергу видно. Нерозлучні, вони заходять в кабінет догляду. Коли це відбувається, у лікаря майже серцевий напад. Перед ними був рідкісний шматок чоловіка: висока блондинка, один метр і дев'яносто сантиметрів заввишки, бородаті, волосся утворюючи хвостик, м'язисті руки й груди, природні обличчя з ангельським виглядом. Ще до того, як вони могли розробити реакцію, він запрошує:

— Сядьте, ви обоє!

— Дякую! - Вони сказали й те, і інше.

Вони мають час, щоб зробити швидкий аналіз навколишнього середовища: Перед столом обслуговування, лікар, стілець, в якому він сидів і за шафою. З правого боку ліжко. На стіні експресіоністські картини автора Кун дідо Порт інарі зображують чоловіка з сільської місцевості. Атмосфера дуже затишна, залишаючи дівчаток невимушено. Атмосфера розслаблення порушена формальним аспектом консультації.

— Скажи мені, що ти відчуваєш, дівчатка!

Це звучало неофіційно для дівчаток. Яким милим був той білявий чоловік! Це, мабуть, було смачно поїсти.

— Головний біль, нездужання і вірус! - розповіла Амелінья.

— Я бездиханний і втомлений! - Він стверджував, що Белінха.

— Все гаразд! Дозвольте мені поглянути! Лягай на ліжко! - запитав Доктор.

Повії ледве дихали на це прохання. Професіонал змусив їх зняти частину свого одягу і відчув їх у різних частинах, що викликало озноб і холодний піт. Зрозумівши, що нічого серйозного з ними не було, що обслуговує персонал пожартував:

— Все виглядає ідеально! Чого ви хочете, щоб вони боялися? Укол в дупу?

— Мені це дуже подобається! Якщо це велика і товста ін'єкція ще краще! - сказала Белінья.

— Чи будете ви застосовувати повільно, любов? - сказала Амелінья.

— Ви вже занадто багато просите! - зазначив клініцист.

Обережно закриваючи двері, він падає на дівчаток, як на дику тварину. По-перше, він знімає решту одягу з тіл. Це ще більше загострить його лібідо. Бувши повністю голим, він милується на мить тими скульптурними істотами. Тоді його черга показати себе. Він переконається, що вони знімають одяг. Це збільшує взаємодію та близькість між групою.

З усього готового вони починають попередні статеві акти. Використовуючи мову в чутливих частинах, як анус, дупа і вухо блондинка викликає міні задоволення оргазми в обох жінок. Все йшли добре, навіть коли хтось продовжував стукати у двері. Ніякого виходу, він повинен відповісти. Він трохи ходить і відкриває двері. При цьому він натрапляє на медсестру за викликом: струнку мулати, з тонкими ногами й дуже низько.

— Докторе, у мене питання до ліків пацієнта: це п'ять-триста міліграмів аспірин? - запитав Роберто, показуючи рецепт.

— П'ятсот! - підтвердив Алекс.

У цей момент медсестра побачила ноги оголених дівчат, які намагалися сховатися. Сміявся всередині.

— Жартує трохи, док? Навіть не дзвоніть своїм друзям!

— Пробачте! Хочеш приєднатися до банди?

— Мені б дуже хотілося!
— Тоді йди!

Вони увійшли в кімнату, закривши двері за ними. Більш ніж швидко мулатка зняла з себе одяг. Повністю голий, він показав свою довгу, товсту, венозна щогла як трофей. Белінья була в захваті й незабаром їй дали секс. Алекс також вимагав, щоб Амеліна зробила те саме з ним. Після усного вони почали анальний. У цій частині Белінха було дуже важко триматися за монстра-члена медсестри. Але як тільки він увійшов в яму, їх задоволення було величезним. З іншого боку, вони не відчували ніяких труднощів, тому що їх пеніс був нормальним.

Потім у них був вагінальний секс в різних положеннях. Рух вперед і назад в порожнині викликав галюцинації в них. Після цього етапу четверо увійшли до групового сексу. Це був найкращий досвід, в якому були витрачені інші енергії. Через п'ятнадцять хвилин вони обидва були розпродані. Для сестер секс ніколи не закінчиться, але добре, оскільки їх поважали слабкість цих чоловіків. Не бажаючи заважати своїй роботі, вони кидають приймати довідку про обґрунтування роботи й свій особистий телефон. Вони залишили повністю складені, не викликавши нікого уваги під час лікарняного переходу.

Приїхавши на стоянці, вони зайшли в машину і почали зворотний шлях. Щасливі, як вони є, вони вже думали про свої чергові сексуальні пустощі. Збочені сестри були дійсно чимось!

Приватний урок

Це був день, як і будь-який інший. Новачки з роботи, збочені сестри були зайняті домашніми справами. Закінчивши всі завдання, вони зібралися в кімнаті, щоб трохи відпочити. Поки Амелінья читала книгу, Белінья використовувала мобільний інтернет для перегляду своїх улюблений веб - сайтів.

У якийсь момент другий голосно кричить в кімнаті, що лякає її сестру.

- Що таке, дівчинко? Ти божевільний? - запитав Амелінья.

- Я тільки що заїхав на веб - сайт конкурсів, маючи вдячний сюрприз - інформований Белінья.

- Скажи мені більше!

-Реєстрація федерального регіонального суду відкрита. Зробім?

- Доброго дзвінка, сестро! Яка зарплата?

- Понад десять тисяч початкових доларів.

- Дуже добре! Моя робота краща. З усім тим, я зроблю конкурс, тому що я готую себе шукає інші події. Це послужить експериментом.

- Ти дуже добре роблю! Ти мене заохочуєш. Тепер, я не знаю, з чого почати. Чи можете ви дати мені поради?

-Купити віртуальний курс, Задайте багато питальна тестових сайтів, робити й повторити попередні тести, писати резюме, дивитися поради й завантажувати хороші матеріали в Інтернеті, серед іншого.

- Дякую! Я візьму всі ці поради! Але мені потрібно щось більше. Слухай, сестро, оскільки у нас є гроші, як щодо того, щоб заплатити за приватний урок?

- Я про це не думав. Це гарна ідея! Чи є у вас пропозиції щодо компетентної людини?

- У мене дуже компетентний вчитель з Арковельди в моїх телефонних контактах. Подивіться на його фотографію!

Белінья подарувала сестрі мобільний телефон. Побачивши картину хлопчика, вона була в захваті. Крім красеня, він був розумний! Це була б ідеальна жертва пари, що приєднується до корисного для приємного.

- Чого ми чекаємо? Йди за ним, сестро! Нам потрібно вчитися найближчим часом. - сказала Амелінья.

- Зрозумів! - Белінья погодився.

Виймавши з дивана, вона почала набирати номери телефонів на цифровій клавіатурі. Після того, як дзвінок буде зроблено, це займе всього кілька хвилин, щоб відповісти.

- Привіт. З вами все гаразд?

- Це все чудово, Ренато.
- Відправ накази.
- Я серфінгу в Інтернеті, коли я виявив, що заявки на конкурс федерального регіонального суду відкриті. Я відразу ж назвав свій розум респектабельним вчителем. Пам'ятаєш шкільний сезон?
- Я добре пам'ятаю той час. Гарні часи тим, хто не повертається!
- Вірно! У вас є час, щоб дати нам приватний урок?
- Яка розмова, юна леді! Для вас у мене завжди є час! Яку дату ми встановлюємо?
- Ми можемо зробити це завтра о 2:00? Нам потрібно почати!
- Звичайно! З моєю допомогою я смиренно кажу, що шанси пройти неймовірно збільшуються.
- Я в цьому впевнений!
- Як добре! Ви можете очікувати мене о 2:00.
- Дуже дякую! Побачимося завтра!
- Побачимося пізніше!

Белінья повисив слухавку і намалював посмішку для свого супутника. Підозрюючи відповідь, Амелінья запитав:
- Як проїхав?
- Він погодився. Завтра о 2:00 він буде тут.
- Як добре! Нерви вбивають мене!
- Спокійно, сестро! Все буде добре.
- Амінь!
- Приготуємо вечерю? Я вже голодний!
- Добре пам'ятаю.!

Пара пішла з вітальні на кухню, де в приємній обстава розмовляла, грала, готувала серед інших заходів. Вони були зразковими фігурами сестер, об'єднаних болем і самотністю. Той факт, що вони були покидьками в сексі, тільки кваліфікував їх ще більше. Як ви всі знаєте, у бразильця тепла кров.

Незабаром після цього вони братств ували за столом, думаючи про життя і його мінливості.

- Їжте цю смачну курку Строганов, я пам'ятаю чорношкірого чоловіка і пожежників! Моменти, які, здається, ніколи не проходять! - сказала Белінья!

- Розкажи мені про це! Ці хлопці смачні! Не кажучи вже про медсестру і лікаря! Я теж любив його! - Згадала Амелінья!

- Досить вірно, сестро! Маючи красиву щоглу будь-якому чоловікові стає приємно! Нехай феміністки пробачать мені!

- Нам не потрібно бути настільки радикальними...!

Двоє сміються і продовжують їсти їжу на столі. Ні на мить, нічого іншого не має значення. Вони, здавалося, самотні у світі, і що кваліфікували їх як богині краси й любові. Тому що найголовніше - відчувати себе добре і мати самооцінку.

Впевнені в собі, вони продовжують в сімейному ритуалі. В кінці цього етапу вони серфінг інтернет, слухати музику на стерео вітальні, дивитися мильні опери й, пізніше, порно фільм. Цей поспіх залишає їх бездиханними й втомленими, змушуючи їх піти відпочивати у свої кімнати. Вони з нетерпінням чекали наступного дня.

Це буде недовго, перш ніж вони впадуть у глибокий сон. Крім кошмарів, ніч і світанок відбуваються в межах норми. Як тільки настає світанок, вони встають і починають дотримуватися нормальної рутини: ванна, сніданок, робота, повернення додому, ванна, обід, дрімають і переїжджають в кімнату, де чекають запланованого візиту.

Коли вони чують стукіт у двері, Белінха встає і йде відповідати. При цьому він натрапляє на усміхненого вчителя. Це викликало у нього хороше внутрішнє задоволення.

- Ласкаво просимо назад, друже! Готові нас навчити?

- Так, дуже, дуже готово! Ще раз спасибі за цю можливість! - сказав Ренато.

- Ходімо! - сказала Белінья.

Хлопчик двічі не подумав і прийняв прохання дівчини. Він привітав Аміліну і на її сигналі сів на диван. Його першим ставленням було зняти чорну в'язану блузку, тому що було занадто жарко. При цьому він залишив свій добре відпрацьований нагрудний знак в тренажерному залі, піт капає і його темношкіре світло. Всі ці деталі були природним афродизіаком для цих двох «збоченців».

Прикидаючись, що нічого не відбувається, між трьома з них була розпочата розмова.

- Ти добре підготую клас, професоре? - запитав Амелінья.
- Так, так! Почнемо з того, яка стаття? - запитав Ренато.
- Я не знаю...
- Як щодо того, щоб спочатку розважитися? Після того, як ти зняв сорочку, я намок! - зізналася Белінья.
- Я також, - сказав Амелінья.
- Ви двоє дійсно секс-маніяки! Хіба це не те, що я люблю? - сказав господар.

Не дочекався відповіді, він зняв свої сині джинси, демонструючи аддукторні м'язи стегна, сонцезахисні окуляри, що демонструють блакитні очі, і, нарешті, спідня білизна, що демонструє досконалість довгого пеніса, середньої товщини й з трикутною головою. Досить було, щоб маленькі повії впали зверху і почали насолоджуватися тим полохливим, довільним тілом. З його допомогою вони зняли одяг і почали попередній секс.

Якщо коротко, то це була чудова сексуальна зустріч, де вони пережили багато нового. Це було майже сорок хвилин дикого сексу в повній гармонії. У ці моменти емоції були настільки великими, що навіть не помічають часу і простору. Тому вони були безмежні через Божу любов.

Коли вони досягли екстазі, трохи відпочили на дивані. Потім вони вивчали дисципліни, заряджені конкуренцією. Бувши студентами, вони були корисними, розумними й дисциплінованими, що помітив учитель. Я впевнений, що вони були на шляху до затвердження.

Через три години вони кинули перспективні нові навчальні зустрічі. Щасливі в житті, збочені сестри пішли піклуватися про свої інші обов'язки, вже думаючи про свої наступні пригоди. Вони були відомі в місті як «Ненаситні».

Тест на конкуренцію

Багато часу пройшло. Близько двох місяців збочені сестри присвячували себе конкурсу відповідно до наявного часу. Кожен день, що минає, вони були більш підготовлені до всього, що прийшло і пішло. При цьому були сексуальні зустрічі й в ці моменти вони були звільнені.

Нарешті настав тестовий день. Виїжджаючи рано зі столиці внутрішніх районів, дві сестри почали ходити по автомагістралі BR 232 загальним маршрутом 250 км. По дорозі вони проходили повз основні моменти інтер'єру держави: Пасажира, Бело Джаредам, Сан-Каетано, Казуару, Граната, Резервом і Віторія-де-Санту-Антану. У кожному з цих міст була історія, щоб розповісти, і зі свого досвіду вони поглинули його повністю. Як добре було бачити гори, атлантичний ліс, каяття, ферми, ферми, села, невеликі містечка і пропихати чисте повітря, що надходить з лісів. Pernambuco був дійсно чудовий стан!

Увійшовши в міський периметр столиці, вони відзначають хорошу реалізацію Подорожі. Візьміть головну алею до околиці хороша поїздка, де вони будуть виконувати випробування. По дорозі вони стикаються з перевантаженим рухом, байдужістю від незнайомців, забрудненим повітрям і відсутністю керівництва. Але вони, нарешті, зробили це. Вони заходять у відповідну будівлю, ідентифікують себе і починають тест, який триватиме два періоди. Під час першої частини тесту вони повністю зосереджені на проблемі питань з множинним вибором. Добре розроблений банком, відповідальним за подію, викликав найрізноманітніші розробки цих двох. На їхню думку, у них все було добре. Коли вони взяли перерву, вони вийшли на обід і сік в ресторані перед будівлею.

Ці моменти були важливими для них, щоб зберегти свою довіру, відносини й дружбу.

Після цього вони повернулися на випробувальний майданчик. Потім почався другий період заходу з питань, що стосуються інших дисциплін. Навіть не зберігаючи того ж темпу, вони все ще були дуже сприйнятливі у своїх відповідях. Таким чином, вони довели, що найкращий спосіб пройти конкурси - це багато чого присвяти навчанню. Через деякий час вони закінчили свою впевнену участь. Вони передали речові докази, повернулися до машини, рухаючись у бік пляжу, розташованого неподалік.

По дорозі вони грали, вмикали звук, коментували перегони й просунулися вулицями Скіфі, спостерігаючи за освітленими вулицями столиці, тому що це була майже ніч. Вони дивуються побаченому видовищу. Недарма місто відоме як «Столиця тропіків». Сонце сідає, надаючи навколишньому середовищу ще більш чудовий вигляд. Як приємно бути там в цей момент!

Коли вони досягли нової точки, вони наблизилися до берегів моря, а потім запустили в його холодні й спокійні води. Спровоковане почуття є екстатичним радостям, задоволеністю, задоволенням і миром. Втрачаючи час, вони плавають, поки не втомляться. Після цього вони лежать на пляжі в зоряному світлі без будь-якого страху і занепокоєння. Магія взяла їх блискуче. Одне слово, яке буде використовуватися в цьому випадку, було "Незмірним".

У якийсь момент, коли пляж майже безлюдний, є підхід двох чоловіків дівчат. Вони намагаються встати й бігти перед лицем небезпеки. Але їх зупиняють сильні руки хлопців.

— Спокійно, дівчатка! Ми не завадимо тобі! Ми просимо лише трохи уваги й прихильності! - Говорив один з них.

Зіткнувшись з м'яким тоном, дівчата сміялися з емоцій. Якщо вони хотіли сексу, чому б не задовольнити їх? Вони були майстрами в цьому мистецтві. Реагуючи на їхні очікування, вони встали й допомогли зняти одяг. Вони доставили два презервативи й зробили стриптиз. Цього було достатньо, щоб зводити цих двох чоловіків з розуму.

Падаючи на землю, вони любили один одного парами й своїми рухами робили струшувати підлогу. Вони дозволили собі всі сексуальні варіації й бажання обох. У цей момент доставлення, вони не піклуються ні про що або кого-небудь. Для них вони були одні у Всесвіті у великому ритуалі любові без упереджень. У сексі вони були повністю переплетені, виробляючи силу, яку ніколи раніше не бачили. Як і інструменти, вони були частиною більшої сили в продовженні життя.

Просто виснаження змушує їх зупинитися. Повністю задоволені, чоловіки звільнилися і йдуть. Дівчата вирішують повернутися до машини. Вони починають свій шлях назад до своєї резиденції. Загалом, вони взяли з собою свій досвід і очікували хороших новин про конкурс, в який вони брали участь. Вони, безумовно, заслужили удачу у світі.

Через три години вони спокійно повернулися додому. Вони дякують Богові за благословення, надані, йдучи спати. Днями я чекав більше емоцій для двох маніяків.

Повернення вчителя

Світанку. Сонце рано сходить з його променями, що проходять крізь тріщини вікна, щоб пенати обличчя наших дорогих немовлят. Крім того, прекрасний ранковий вітерець допоміг створити в них настрій. Як приємно було мати можливість іншого дня з благословення Батька. Повільно, вони виходять зі своїх ліжок приблизно одночасно. Після купання їх зустріч проходить в навісі, де вони разом готують сніданок. Це момент радості, очікування і відволікання обміну досвідом у неймовірно фантастичні часи.

Після того, як сніданок готовий, вони збираються навколо столу, зручно сидячи на дерев'яних стільцях зі спиною для колони. Поки вони їдять, вони обмінюються інтимним досвідом.

Белінья

Моя сестро, що це було?

Амелінья

Чисті емоції! Я досі пам'ятаю кожну деталь тіл тих дорогих кретинів!

Белінья

Я також! Я відчував велике задоволення. Це було майже екстрасенс.

Амелінья

Я знаю! Робім ці божевільні речі частіше!

Белінья

Погоджуюся!

Амелінья

Вам сподобав тест?

Белінья

Я любив його. Я вмираю, щоб перевірити свою продуктивність!

Амелінья

Я також!

Як тільки вони закінчили годувати, дівчата забрали свої мобільні телефони, оголивши доступ до мобільного інтернету. Вони перейшли на сторінку організації, щоб перевірити відгуки про докази. Вони написали його на папері й пішли в кімнату, щоб перевірити відповіді.

Усередині вони стрибали від радості, коли побачили гарну записку. Вони пройшли! Емоції відчували не може бути стриманий прямо зараз. Після святкування багато, він має найкращу ідею: Запросіть майстра Ренато, щоб вони могли відсвяткувати успіх місії. Белінья знову відповідає за місію. Вона бере в руки свій телефон і дзвонить.

Белінья

Привіт?

Ренато

Привіт, ти в порядку? Як ти, милий Белль?

Белінья

Дуже добре! Вгадайте, що тільки що сталося.

Ренато

Не кажи мені тебе....

Белінья

Так! Ми пройшли конкурс!

Ренато

Мої вітання! Хіба я тобі не сказав?

Белінья

Я хочу подякувати вам за вашу співпрацю з усіх боків. Ти мене розумієш, чи не так?

Ренато

Я розумію. Нам потрібно щось налаштувати. Бажано у вашому домі.

Белінья

Саме тому я подзвонив. Чи можемо ми зробити це сьогодні?

Ренато

Так! Я можу зробити це сьогодні ввечері.

Белінья

Дивно. Ми очікуємо вас тоді о восьмій годині ночі.

Ренато

Добре. Можна привести брата?

Белінья

Звичайно!

Ренато

Побачимося пізніше!

Белінья

Побачимося пізніше!

З'єднання завершується. Дивлячись на свою сестру, Белінья видає сміх щастя. Цікаво, інший запитує:

Амелінья

То й що? Він іде?

Белінья

Все гаразд! О восьмій годині ночі ми возз'єднаємося. Він і його брат йдуть! Ви думали про Особливий?

Амелінья

Розкажи мені про це! Я вже пульсую емоціями!

Белінья

Нехай буде серце! Я сподіваюся, що це працює!

Амелінья

- Все вийшло!

Вони сміються одночасно наповнюючи навколишнє середовище позитивними вібраціями. У той момент я не сумнівався, що доля змовиться на ніч веселощів для цього маніакального дуету. Вони вже досягли стільки етапів разом, що не послаблять зараз. Тому вони повинні продовжувати ідеалізувати чоловіків як сексуальну гру, а потім відкинути їх. Це була найменші перегони може зробити, щоб заплатити за свої страждання. Насправді жодна жінка не заслуговує страждати. Вірніше, майже кожна жінка не заслуговує болю.

Час прийти на роботу. Вийшовши з кімнати вже готовою, дві сестри йдуть в гараж, де залишають у своєму приватному автомобілі. Амелінья спочатку бере Белінху в школу, а потім їде в офіс ферми. Там вона випромінює радість і розповідає професійні новини. За затвердження конкурсу він отримує вітання всіх. Те ж саме відбувається і з Беліндою.

Пізніше вони повертаються додому і знову зустрічаються. Потім починається підготовка до отримання вашими колегами. День обіцяв бути ще більш особливим.

Саме в запланований час вони чують стукіт у двері. Белінья, найрозумніший з них, встає і відповідає. З твердими й безпечними кроками він кладе себе у двері й повільно відкриває його. Після завершення цієї операції він візуалізує пару братів. З сигналом від господині вони заходять і селяться на дивані у вітальні.

Ренато

Це мій брат. Його звуть Рікардо.

Белінья
Радий познайомитися, Рікардо.
Амелінья
Ласкаво просимо сюди!
Рікардо
Я дякую вам обом. Задоволення - це все моє!
Ренато
Я готовий! Ми можемо просто піти в кімнату?
Белінья
Давай!
Амелінья
Хто тепер отримує?
Ренато
Я сам вибираю Белінью.
Белінья
Спасибі, Ренато, дякую! Ми разом!
Рікардо
Я буду радий залишитися з Амеліньєю!
Амелінья
Ти тремтиш!
Рікардо
Подивимося!
Белінья
Тоді нехай партія починається!

 Чоловіки акуратно помістили жінок на руку, несучи їх до ліжок, розташованих в спальні одного з них. Приїхавши на місце, вони здимили одяг і потрапляють в красиві меблі, починаючи ритуал любові в декількох позах, обмінюються ласощами й співчутливістю. Хвилювання і задоволення були настільки великими, що вироблені стогони можна було почути через вулицю, скандали з сусідами. Я маю на увазі, не так багато, тому що вони вже знали про свою славу.

 З висновком зверху закохані повертаються на кухню, де п'ють сік з печивом. Поки вони їдять, вони спілкуються протягом двох годин, збільшуючи взаємодію групи. Наскільки добре було бути там дізнатися про життя і як бути щасливим. Задоволення зараз добре з самим собою і зі світом, підтверджуючи свій досвід і цінності, перш ніж інші несуть впевненість не в змозі бути оцінені іншими. Таким чином, максимум, на їх думку, було "Кожен є його власною людиною".

До ночі вони нарешті прощаються. Відвідувачі залишають «Дорогі Піренеї» ще більш ейфорійними, коли думають про нові ситуації. Світ просто продовжував повертатися до двох довірених речовин. Нехай їм пощастить!

Кінці